TZzzssssss sss ssssssssss-Ruh
BAAA BUUU BOBO
tschett
tschett
tschett
?

EDITH ANDERSON
DER KLAPPWALD

DER KINDERBUCHVERLAG
BERLIN

ES WAR EINMAL ein alter Mann, der wohnte in einer stickigen, schmutzigen, alten Mietskaserne, mitten in einer großen, stickigen, schmutzigen Stadt. Schaute er aus dem Küchenfenster, hatte er die heiße, schmutzige Mauer und die traurig blinzelnden Fenster eines Hinterhauses vor Augen. Er konnte sogar das schmutzige Geschirr im Ausguß gegenüber erkennen, so gedrängt war das eine Haus ans andere. Steckte er den Kopf aus dem Schlafzimmerfenster, stieß er beinahe mit der Nase gegen eine Mauer ohne Fenster.

Und vom Wohnzimmerfenster aus sah er die schmutzigen alten Häuser auf der anderen Seite der schmutzigen, heißen Straße und schmutzige Autos, die schmutzigen Qualm hinter sich ließen, und Tauben, deren Flügel so verschmutzt waren, daß sie nicht mehr fliegen konnten, sie FLUMPTEN nur noch.

„Oh, wie gut wir es haben!“ rief die alte Frau mit den Apfelwangen, die seine Ehefrau war. „Unsere Wohnung hat drei Fenster!“

„Um den Qualm reinzulassen", sagte der alte Mann.

„Aber er fliegt gleich wieder raus!" rief die alte Frau. Immer versuchte sie, ihn aufzumuntern. „Jedesmal, wenn eine Brise ins Fenster kommt, saugen die anderen Fenster sie durch die ganze Wohnung, und wir kühlen ab!"

„Es gibt keine Bäume in der Stadt", sagte der alte Mann, der auf die Straße hinunterblickte.

Die alte Frau gab ihm einen freundlichen Klaps auf den Hosenboden und fragte: „Was würde dir heute zum Mittagessen schmecken?"

„Schmuddelplinsen mit Qualmsoße", sagte der alte Mann. Das war einer seiner Späße.

Und er nahm einen alten Küchenstuhl und ging hinauf aufs Dach.

Der alte Mann stellte den Küchenstuhl mitten aufs Dach hin, setzte sich und zog ein großes, dickes Kuvert aus seiner Brusttasche. Aus dem Kuvert zog er noch ein flaches Päckchen, das ein Stadtplan hätte sein können, es aber nicht war, und fing an, es um sich her auszufalten. Es war ein Wald. Jeden Tag machte er mehr davon, mit Schere und grünen Wachsstiften und Klebstoff.

Auf jedem Teil stand ein Buchstabe: Teil A, Teil B, und so weiter. Zuerst klebte er Teil A an die Seite von Teil B. Dann klebte er Teil C an die Unterseite der Teile A und B. Dann klebte er Teil D an die Seite von Teil C. Manche Teile klappten nach hinten. Andere Teile klappten nach unten. Es gab sogar Teile, die nach

....beobachte...
...verdächtige Person...
....tarnt sich....
KNALL

innen klappten. Alles war sehr kompliziert! Aber er konnte es schaffen, weil er immer nur ein bißchen auf einmal machte. Als er das Alphabet einmal durch hatte, fing er an mit den Teilen A-2, B-2 und so weiter.

Seine Frau wußte nicht, was er machte. „Seine zweite Kindheit ist über ihn gekommen“, sagte sie scherzhaft durchs Fenster zur Frau im Fenster gegenüber. „Er sitzt am Küchentisch und malt mit Buntstiften auf Zeitungspapier.“

„Wo essen Sie denn?“ fragte die Nachbarin.

„Er macht das nur zwischen den Mahlzeiten“, sagte die alte Frau. „Die Zeitung bedeckt den ganzen Tisch und hängt noch an den zwei Enden runter. Er schneidet kleine Löcher und Zwischenräume draus mit der Schere.“

„Fallen denn nicht die Schnipsel auf den Fußboden?“ fragte die Nachbarin.

„Ja“, sagte die alte Frau, „aber ich fege sie zusammen. Er ist ein guter Mann.“

„Das würde ich mir nicht gefallen lassen“, sagte die Nachbarin.

„Macht mir aber gar nichts aus“, sagte die alte Frau.

„Meiner bastelt ein Schiff in einer Flasche“, sagte die Nachbarin.

Die alte Frau war begeistert. „Wie kriegt er das Schiff in die Flasche rein?“ fragte sie.

„Er ist noch nicht soweit“, sagte die Nachbarin.

„Wenn die Flasche sehr groß und das Schiff sehr klein ist, müßte es gehen“, überlegte die alte Frau.

sie kochen was
kochen sie was
was kochen sie
Ich habe eine MEISE

„Nein. Die Flasche ist sehr klein, und das Schiff ist sehr groß", sagte die Nachbarin.

„Ach", sagte die alte Frau.

„Seine zweite Kindheit ist über ihn gekommen", sagte die Nachbarin.

„Aber er ist bestimmt ein guter Mann", sagte die alte Frau.

„Er wird zu dick", sagte die Nachbarin. „Er ißt zu viele Klöße. Ja, übrigens! Könnte ich etwas Mehl borgen, um Klöße zu machen?"

„Einen Augenblick!" sagte die alte Frau. „Ich hole die Planke."

Die Planke war eine Bastelei von ihrem Mann. Sie holte sie hinter der Küchentür hervor und schob sie über ihr Fensterbrett und bis auf das Fensterbrett der Nachbarin. Die Planke hatte Seiten, damit nichts herabfallen konnte. Rechts war eine Kurbel. Und über die ganze Länge der Planke lief ein ziemlich breiter Ledergürtel, der sich bewegte, wenn man an der Kurbel drehte. Dieser Gürtel bestand in Wirklichkeit aus vier Gürteln, die aneinandergenäht waren. Die Nähte waren nicht sehr sauber, aber das Gerät funktionierte. Die Tasse Mehl fuhr ganz ordentlich in die Nachbarwohnung, kaum daß ein bißchen davon verlorenging. Im Leder war extra ein rundes Loch, wo die Tasse saß. Sie konnte wackeln, aber nicht umkippen, denn unterhalb des Gürtels mit dem runden Loch war noch ein Gürtel ohne Löcher. Beim Drehen der Kurbel bewegten sich beide Gürtel gleichzeitig. Die Tasse konnte nicht gegen die Planke stoßen. Der untere Gürtel bestand ebenfalls aus vier aneinandergenähten Gürteln.

Es waren alte Gürtel, die die Nachbarin und ihr Mann nicht mehr umbinden konnten. Sie hatten zu viele Klöße gegessen.

„Danke schön“, sagte die Nachbarin und brachte die Tasse Mehl in ihre Küche. Bald kam sie mit der sauberen Tasse wieder und setzte sie auf den Gürtel. Die Tasse mußte nicht so genau ins Loch passen, wenn sie leer war. Die alte Frau drehte die Kurbel andersherum, um die Tasse zurückzuholen, und zog die Planke ein.

Inzwischen war der alte Mann mit seinem Klappwald beschäftigt. Er saß auf dem Küchenstuhl und klappte den Wald immer weiter um sich aus. Nach einer Weile mußte er aufstehen, denn er hatte schon so viel Wald zum Ausklappen, daß seine Arme nicht mehr lang genug waren. Er mußte ihn nach oben ausklappen, damit die Bäume hoch über seinem Kopf rascheln konnten. Er mußte nordwärts, ostwärts, südwärts und westwärts ausklappen, um in allen Richtungen nur Wald zu schauen. Dann kam er zu seinem Stuhl zurück, setzte sich und schaute. Und er war noch nicht zufrieden. In den Zwischenräumen sah er immer noch ein bißchen von dem schmutzigen Dach. Er konnte auch Teile vom schmutzigen Schornstein auf der anderen Straßenseite sehen sowie zwei schmutzige Tauben, die vorbeiflumpten. Sie waren wahrscheinlich befreundet.

„Ich muß Teil Z-16 machen“, murmelte er. „Der wird an Teil J-42 befestigt, das ist kein Problem, er würde dann gerade an die seitwärts herausragende Seite von Teil M-11 reichen und könnte darangeklebt werden.“

Vorsichtig klappte er den Wald zusammen. Er fing mit der Nordseite an und bewegte sich nach Westen, nach innen, nach Süden, nach hinten, nach Osten, nach außen, nach oben, nach unten und zurück zum Küchenstuhl, wo er sich hinsetzte und alle Teile einsammelte, klippklapp, klappklipp, in ein hübsches flaches Päckchen, das leicht ins Kuvert glitt und in seiner Brusttasche verschwand.

Der alte Mann und sein schmutziger kleiner Enkelsohn kamen gerade im selben Augenblick in die Wohnung. Das Gesicht des Jungen, soweit man es durch den Schmutz sehen konnte, glänzte von Schweiß. Sein Hemd, seine Hosen und seine Schuhe waren ganz verdreckt.

„Tagchen, du“, sagte der alte Mann.

„Tagchen, Opa“, sagte der Junge.

„Er spielt nur, wo Schmutz ist“, sagte die alte Frau.

„Wo ist kein Schmutz?“ fragte der alte Mann. Der kleine Junge versuchte, in den Kochtopf zu gucken, aber er war nicht groß genug. „Was kochst du, Oma?“

„Eine Überraschung“, sagte die alte Frau.

„Sie kocht einen Wachspudding aus den staubigen Wachsäppeln, die wir im Wohnzimmer hatten“, sagte der alte Mann.

... endlich werden im Wohngebiet BÄUME gepflanzt
... das wird ein schöner Spielplatz für unsere KLEINEN
AZ 7 zu Y3 zu
M 11 zu J 42 zu
S 5 zu M 9 zu
3 zu 9 LM zu

Die alte Frau lachte, denn sie wußte, daß das einer seiner Späße war, trotzdem sagte sie: „Sie sind nicht staubig, ich habe sie staubgewischt. Bei mir ist alles sauber."

Der kleine Junge wußte auch, daß es ein Spaß war, trotzdem eilte er ins Wohnzimmer, um zu sehen, ob die Wachsäpfel noch da waren. Sie waren noch da. Auch Wachsbananen und Wachsbirnen lagen in der Kristallschale. Alles glänzte, und die Schale glitzerte.

„Du hast geschwindelt, Opa!" rief der kleine Junge, als er in die Küche zurückkam.

„Opa ist traurig, weil er nie einen Baum sieht", sagte die alte Frau.

„Was ist ein Baum, Opa?"

„Ein Baum!" Der alte Mann runzelte die Stirn. „Der letzte Baum in dieser Stadt ist gefällt worden, bevor ich auf die Welt kam. Aber ich habe einen gesehen! Mehrere sogar!" sagte er. „Ich war gerade so alt wie du. Meine Eltern machten mit mir einen Ausflug ins Grüne ..."

Aber der Junge unterbrach ihn: „Was ist das Grüne, Opa?“

„Das Grüne? Ja, das gibt’s nicht mehr. Nicht, wo *wir* rankönnen.“

„Wo ist denn welches? Was ist es, Opa?“

„Hm“, sagte der alte Mann. „Weißt du, wo die Müllkippe ist?“

„Ja“, sagte der Junge.

„Gut. Du gehst an der Müllkippe vorbei, und dann kommt diese riesengroße Garage …“

„Ich weiß, wo, Opa!“ rief der Junge.

„Und nach der Garage kommt der Schlachthof …“

„Ich weiß, wo, Opa!“

„Und nach dem Schlachthof kommt das Gaswerk …“

„Das Gaswerk?“ fragte der Junge.

„Bis zum Gaswerk ist er noch nicht gekommen“, sagte die alte Frau. „Er ist zu klein, um so weit zu laufen.“

„Und nach dem Gaswerk“, sagte der alte Mann, „kommt die Fischmehlfabrik, wo alles riecht. Es riecht nach …“

„S-s-s-st!“ sagte die alte Frau.

„Ist Parfüm nicht in Ordnung?“ fragte der alte Mann. „In der Gegend nimmt jeder Parfüm mit, um es sich unter die Nase zu halten. Dann kommt die Bekleidungsfabrik, wo man Kleider aus Petroleum macht …“

„Petroleum!“ empörte sich die alte Frau. „Das sind Pampelon-Kleider!“

„Und was ist Pampelon? Die panschen das Petroleum durch alle möglichen Maschinen, bis es zu Pampelon wird! Das sind mir Kleider! Und danach kommst du an tausend Millionen schmutziger, alter Häuser vorbei. Das heißt, du kommst nicht an ihnen vorbei. Die gehen immer weiter, viel weiter, als du laufen kannst. Dann kommt die Superautobahn, wo die Straßen sich über- und untereinander schlängeln wie Spaghetti. Zum Schluß wirst du müde und kehrst wieder um."

„Und wo ist das Grüne?"

„Ja, wo! Das möchte ich auch wissen!"

„Und was ist ein Baum?"

„Ein Baum", sagte der alte Mann, „ist eine Art langer Stock, sehr lang …"

„Wie ein Leitungsmast?"

„Ja. Aber wenn er jung ist, ist er nicht sehr groß. Und so gerade auch nicht. Er ist mehr gebogen und wie gekrümmt."

„Das ist dumm", sagte der Junge. „Er müßte gerade sein."

„Er müßte *nicht* gerade sein!" rief der alte Mann und sprang von seinem Stuhl hoch.

„Warum schreist du das Kind an!" fragte die alte Frau.

„Bäume", brüllte der alte Mann aus vollem Halse, „sind schön! Sie haben Äste, die in alle Richtungen herausragen, wie Arme! Sind *wir* gerade? Sind – sind Katzen gerade? Und Bäume haben Blätter! Ich sah einmal einen Baum mit Blättern, die waren auf

Gib Gas

der einen Seite grün und auf der Kehrseite silbern! Als der Wind wehte, waren die wie – wie Blätter – wie echte Blätter –"

„Warum weint Opa?" fragte der kleine Junge.

„Weil du deine Hände immer noch nicht gewaschen hast, und er hat Hunger", sagte die alte Frau. „Mach schnell, wir wollen essen!"

„Du hättest gestern kommen sollen", sagte der alte Mann. „Wir hatten Schmadderkuchen in der Schmierbüchse, da brauchten wir uns nicht die Hände zu waschen."

Der Junge kicherte, als er die Hände unter den Wasserhahn hielt. Opas Witze gefielen ihm.

Zum Mittagessen aßen sie einen Apfelpudding aus richtigen Äpfeln.

„Die auf einem *Baum* wuchsen", sagte der alte Mann.

Der Junge kicherte wieder. Er dachte, das sei auch ein Witz. Nach dem Essen nahm er seinen eingedrückten Ball und lief nach unten, um in der stickigen Straße zu spielen.

Die alte Frau ging ins Schlafzimmer, schloß die Tür zu und hob die Matratze hoch. Unter der Matratze hielt sie ein Stoffsäckchen versteckt. Jeden Tag tat sie eine Münze hinein, manchmal zwei. Worte waren auf das Säckchen gestickt: HÄUSCHEN AUF DEM LANDE. Die alte Frau hatte sie gestickt, als sie jung war. Sie schüttete alle Münzen, die im Säckchen waren, auf die Bettdecke und zählte lange. Es waren viele, denn sie hatte seit vierzig Jahren gespart. Aber es waren noch nicht genug. Sie stopfte das Geld wieder ins Säckchen hinein, versteckte das Säckchen unter der Matratze und glättete die Bettdecke. Dann legte sie sich hin und machte ein Schläfchen.

Aber der alte Mann breitete seine Sachen auf dem Küchentisch aus: Zeitung, hellgrüner Wachsstift, dunkelgrüner Wachsstift, gelber Wachsstift für Sonnenstrahlen, rote und orangenfarbene Wachsstifte für Blumen, blaue und violettfarbene Wachsstifte für Vögel, große Schere, kleine Schere und ein großer Topf Leim.

Sobald er das Schnarchen seiner Frau hörte, nahm er das Lexikon vom Regal und schlug die Baumseite auf. Das war eine ganze Seite mit genauen Abbildungen von verschiedenen Bäumen.

„Z-10“, murmelte er vor sich hin. „Ulme. Eiche.

Pappel. Birke. Ahorn. Niedrige Büsche. Kirschblüten. Nachtigall.“ Er schnitt sauber die Zwischenräume aus, damit man die Blätter auf Z-16 und Y-16 zwischen den Ästen von J-42 und J-43 sehen konnte. „Paradiesvogel“, murmelte er. „Pute. Piepmatz.“

Am nächsten Morgen standen der alte Mann und die alte Frau nicht auf, um Frühstück zu essen, weil sie dachten, es sei noch Nacht.

„Warum habe ich Hunger?“ fragte der alte Mann. „Ich habe einen solchen Hunger, daß ich nicht schlafen kann!“

„Ich auch“, gestand die alte Frau. „Ich schäme mich, mitten in der Nacht solchen Appetit auf Haferflocken zu haben.“

„Wie spät ist es?“ fragte der alte Mann.

Die alte Frau machte die Lampe an. „Du meine Güte!“ rief sie. „Es ist neun Uhr!“

„Ist es neun Uhr gestern abend oder neun Uhr morgen früh?“ fragte der alte Mann.

„Es kann nicht neun Uhr gestern abend sein“, sagte die alte Frau, „denn wir sind gestern abend um zehn Uhr zu Bett gegangen.“

„Das stimmt“, sagte der alte Mann. „Na also, die Welt ist untergegangen. Was habe ich dir immer gesagt?“

Sie zogen ihre Morgenmäntel an und gingen zum Fenster an der Straßenseite, um zu sehen, wie die Welt nach einem Weltuntergang aussieht.

Sie konnten nichts sehen, weil die Stadt voll Smog

tirili…
tiritschi
Brrrrrrrrrrrr-
ikett
Hier
spricht das
Gesundheitsamt
Fenster zu
bitte

war. Der Rauch von den Fabriken hatte sich mit den Wolken vermischt, und die ganze schwere Schweinerei war auf die Häuser und in die Straßen gesunken. Es roch auch schlecht.

„Wir schauen zum falschen Fenster hinaus", sagte der alte Mann. „Dies muß das Fenster sein mit der Mauer gleich vor meiner Nase."

„Nein", sagte die alte Frau, „wir sind im Wohnzimmer. Siehst du nicht das Wachsobst? Das muß die Straße da draußen sein."

Nach dem Frühstück wuschen die beiden beim elektrischen Licht das Geschirr ab. Als sie fertig waren, nahm der alte Mann den Küchenstuhl.

„Aber es ist dunkel auf dem Dach", sagte die alte Frau.

„Ich habe meine neue viereckige Batterielampe mit", sagte der alte Mann. „Ich muß mich abkühlen."

„Gut", sagte die alte Frau. „Dann setze ich mich und mache die Wohnung sauber."

Sie machte immer im Sitzen die Wohnung sauber. Der Sessel zum Saubermachen war sehr dick und gemütlich. Er hatte eine weiche Armlehne zum Ausruhen für den Ellbogen und eine Armlehne aus Holz, mit Knöpfen und Schnüren und Kurbeln zum Drükken und Ziehen und Drehen. Das hatte der alte Mann auch zusammengebastelt.

Drückte man auf Knopf A, sprang die Tür zum Besenschrank auf. Schnur B, die durch Kurbel C betätigt wurde, zog die Teppichkehrmaschine zur alten

Frau, und sie kehrte damit so viel von dem Teppich, wie sie im Sitzen erreichen konnte. Das war viel, denn die Teppichkehrmaschine hatte einen Stiel, den man noch einmal so lang herausziehen konnte. Und wenn das nicht genügte, ließ ein Druck auf Knopf D den Sessel auf seinen kleinen Gummirädern im ganzen Zimmer umherfahren. Kurbel E steuerte den Sessel richtig.

Einmal geschah es, daß ein Wassereimer auf Plattform F, die auch Räder hatte, zu schnell fuhr und umkippte, und die alte Frau stand auf, um einen Lappen zu holen und die Pfütze aufzuwischen. Aber das war verkehrt, das mußte sie gar nicht! Sie hätte weiter nichts zu tun brauchen, als Knopf G zu drücken, da wäre ein besonderer Mop aus einer Falltür in der Decke runtergekommen, genau dort, wo sie ihn hätte fangen können. Auch den Stiel des besonderen Mop konnte man bis zu seiner doppelten Länge ausziehen. Der alte Mann dachte an alles.

„Wir müssen *irgendwas* haben, wenn es keine Bäume gibt", sagte er.

Da saß sie also, machte ihre Wohnung beim elektrischen Licht sauber und horchte auf die Tritte ihres Mannes auf dem Dach. Das Paar wohnte in der obersten Etage, er hatte nicht weit zu gehen.

„Heute", sagte er zu sich selbst, „wird's mit meinem Klappwald klappen! Wenn es nicht klappt, fresse ich einen Kotflügelbraten mit Rußpfeffer."

Seine viereckige Batterielampe war von der Sorte, die allein stehen kann. Er stellte sie auf den Sims der Dachmauer, gegenüber vom Küchenstuhl. Dann setzte er sich und fing an, den Wald um sich her auszuklappen.

Als er ihn nach Norden, nach Osten, nach Süden und nach Westen aufgestellt hatte, wurde er höchst aufgeregt. Er hatte richtig getippt! Dadurch, daß die seitwärts herausragende Seite von M-11 an den Teilen J-42 und Z-16 angeklebt war, konnte er nichts mehr von dem schmutzigen Dach durch die Zweige sehen! Endlich war der Klappwald für seine Frau und seinen Enkel gut genug!

„Wenn bloß ein bißchen blauer Himmel da oben wäre", sagte er zu sich selbst, „könnten wir uns vorstellen, wir wären am Amazonas oder am Kongo!"

Er war so entzückt, daß er auf dem Stuhl lange sitzen blieb und sich schöne Dinge vorstellte. Anstatt flumpender Tauben würde es buntgefiederte Papageien und zierliche Kolibris geben, die von Ast zu Ast schwirren würden. Eine Schlange mit grünen und gelben Karos auf der glänzenden Haut würde sich um einen Baumstamm wickeln und dann schnell wieder auswickeln und verschwinden. Der alte Mann saß so lange träumend da, daß die Lampenbatterie verbraucht wurde. Es war zappenduster um ihn her, aber er freute sich. Der echte Urwald ist auch meist finster! Und dann sieht man die leuchtenden Augen eines Jaguars, wie zwei kleine Scheinwerfer, durch das Laubwerk lugen!

Auf einmal sah er tatsächlich ein merkwürdiges, hüpfendes Licht, und er hörte das besondere Geräusch eines Hubschraubers: tschett-tschett-tschett-tschett-tschett-tschett! Das Licht verschwand, das Geräusch hörte auf, und der alte Mann vernahm Stimmen. Es gab einen Bums und noch einen Bums.

Die alte Frau hörte auch den Hubschrauber und die Bumse und raste zum Fenster, aber sie konnte natürlich nichts sehen.

„Ich bin unten", sagte ein Mann.

„Ich auch", sagte ein zweiter Mann.

„Wo sind wir eigentlich?" fragte eine Frau.

Menschen von einem anderen Planeten! dachte die alte Frau erschrocken und rannte so hastig zur Wohnungstür, daß sie aus Versehen gegen Knopf D stieß, wodurch der Sessel zum Saubermachen anfing, allein im Zimmer herumzusausen. Sie hatte keine Zeit, ihn abzuschalten. Sie mußte ihren Mann retten! Keuchend rannte sie die Treppe zum Dach hinauf.

Zzzssssss ssss ssss ss-Ruhe
OPI hier bauen wir uns ein HAUS ...
... aber nicht aus PAMPELON

.... es ist das Dach von Nummer 1.8.9.7.6.4.
..... wir sind auf den Galapagos-inseln

„He, Bob, hilf doch Mary Lou, aus dem Hubschrauber zu steigen“, sagte der erste Mann.

Es gab noch einen Bums.

„Ich bin unten!“ sagte Mary Lou.

Der Mann mit der tieferen Stimme sagte: „Wir sind wohl im Adirondack-Gebirge, Chuck.“

„Das kann nicht sein“, sagte Mary Lou. „Es gibt keine Hickorybäume in den Adirondacks. Wir sind offenbar im Great-Smoky-Gebirge.“

„Sibirien! Sibirien!“ rief Chuck. „Seht mal her, naturalis sibiriensis! Das wächst nur in Sibirien!“

„Unmöglich, Chuck“, sagte Mary Lou. „Wo ist der Schnee?“

„Hier ist nicht Sibirien. Schaut her: myrtus grandiflora!“ sagte Bob mit seiner tiefen Stimme. „Wir sind auf den Galapagosinseln!“

Sie bewegten sich vorsichtig durch die Bäume des Klappwaldes, wobei sie ihre Taschenlampen rauf und runter schwenkten.

Dicht hinter ihnen schlich die alte Frau, geräuschlos wie ein Indianer. Sie wunderte sich sehr über den Wald und hoffte, daß ihr Mann sich gut versteckt hielt.

„Wie herrlich sauber ist dieser Wald!“ rief Mary Lou. „Keine kaputten Flaschen oder Flaschendeckel! Kein altes Stullenpapier! Keine Zigarettenstummel! Nicht wie der schreckliche Wald vorige Woche in Kalifornien!“

Der alte Mann freute sich über dieses Lob. Jetzt war er sicher, daß der Klappwald für seine Frau und seinen Enkelsohn gut genug war!

„Ja“, sagte Bob, „und die Ferkel, die ihre leeren Blechbüchsen und den Kaffeesatz in den Fluß warfen!“

„Und ihre Heule!“ rief Mary Lou. „Die spielte so laut, daß man die Vögel nicht hören konnte!“

Sie alle blieben stehen und horchten. Der alte Mann wagte kaum zu atmen. Die alte Frau wagte kaum zu atmen.

„Warum hört man in diesem Wald keine Vogelstimmen?“ fragte Bob.

„Warum gibt es in diesem Wald keinen Tiergeruch?“ fragte Mary Lou.

Chuck sagte: „Es riecht irgendwie nicht richtig. Ein

Wald müßte mehr nach Wald riechen. Dieser riecht überhaupt nicht."

Bob, Mary Lou und Chuck schnupperten.

„Ich rieche Smog", sagte Mary Lou.

Bob bückte sich, um eine Blume zu pflücken, aber sie ließ sich nicht pflücken – sie riß. Er roch trotzdem daran. „Seltsam", sagte er. „Der myrtus grandiflora riecht nicht!"

„Dann ist es kein myrtus grandiflora", sagte Mary Lou.

„Umweltverschmutzung!" rief Chuck. „Irgend etwas hat auch diesen reinen, schönen Wald verschmutzt! Kein Tier kann mehr darin leben!"

„Und die Blumen reißen wie Papier", sagte Bob traurig.

„Weil sie Papier *sind*!" sagte der alte Mann. Er war empört. Was wollten die denn? Wer waren die überhaupt?

Jetzt sahen sie ihn, mit Hilfe ihrer Taschenlampen, auf seinem Küchenstuhl sitzen. Er stand auf und kam ihnen langsam entgegen.

„Versuchen *Sie* mal, einen solchen Wald zu machen", sagte der alte Mann. „Monatelang habe ich daran gearbeitet! Es ist eine Überraschung für meine Familie!"

„Das ist niemals Galapagos", sagte Mary Lou.

„Es ist das Dach von Nummer 189764 McTrashney Avenue in Jupiter City, Bundesstaat South Dreckota, USA", sagte der alte Mann ärgerlich.

„Oh, Verzeihung“, sagte Mary Lou.

„Wir haben uns wohl im Smog verirrt“, sagte Chuck.

„Wir sind Wissenschaftler“, sagte Bob. „Wir verbringen unsere Freizeit damit, die Natur sauberzumachen, nachdem die Leute sie verdreckt haben.“

„Wie kommen Sie dorthin?“ fragte der alte Mann.

„Wohin?“ fragte Bob.

„In die Natur“, sagte der alte Mann.

„Mit unserem Hubschrauber“, sagte Bob, er schämte sich. Der alte Mann sollte nicht denken, daß er und seine Kollegen Angeber waren. „Ich meine nicht, unser eigener“, sagte er, „der Hubschrauber gehört dem Institut.“

Auch Mary Lou und Chuck schämten sich. Sie begriffen mit einemmal, daß manche Leute keine Gelegenheit haben, die Natur zu sehen. Das war doch gemein!

„Ich weiß was!“ sagte Mary Lou. „Warum machen wir nicht …“

Aber ehe sie aussprechen konnte, schnitt ein Blitz durch den Smog mit einem riesigen gelben Zickzack, und es gab einen so fürchterlichen Donnerschlag, daß die viereckige Batterielampe vom Sims runterfiel und kurz aufleuchtete.

Genau wie am Amazonas oder am Kongo schlug der Regen in einer einzigen massigen, zischenden, undurchsichtigen Flut herunter.

„Mein Klappwald!“ rief der alte Mann.

Es war zu spät. Da standen sie nun im peitschenden Regen, alle fünf, die nassen Papierbäume um den Hals drapiert. Über ihre Schultern hingen triefende Ahorn- und Eichenlappen, während aufgeweichte Ulmenzweige ihre Gesichter runterliefen und zerrissen, und der Zeitungsdruck kam durch. Am Boden war eine glitschige dunkle Masse, die einst Büsche und Blumen gewesen war – und Smog.

Vielleicht weinte der alte Mann. Das war im Regen unmöglich festzustellen.

Aber die alte Frau ging auf ihn zu und umarmte ihn ganz fest.

„Was machst denn du hier oben?“ schimpfte er.

„Es war ein wunderbarer Wald!“ sagte sie. „Es war die schönste Überraschung meines Lebens!“

... dein Klappwald war wunderbar

Einen Augenblick lang waren alle still. Dann sagte der alte Mann: „Der Kleine hat es verpaßt."

„Es wird andere Überraschungen geben", sagte die alte Frau.

Der Tag wurde heller, schon hörte der Regen auf. Die alte Frau wollte das Gesicht des alten Mannes mit einem Taschentuch trocknen, aber er patschte es von sich.

„Biete den Menschen lieber eine Tasse Gullywasser an!" sagte er verlegen.

„Er meint Kaffee", erklärte die alte Frau. „Kommen Sie bitte mit! Sie können sich bei uns auch waschen und trockene Kleidung anziehen."

Die Wissenschaftler nahmen die Einladung mit Freude an. Als sie in die Wohnung traten, lief der Reinemachesessel immer noch herrenlos im Zimmer herum, stieß gegen Wände, prallte zurück und machte smmmm! Der alte Mann schaltete ihn ab.

In den Kleidungsstücken der alten Leute sahen die Gäste recht komisch aus, und es gab viel Gelächter. Nachdem alle Kaffee getrunken und Korinthenbrötchen gegessen hatten, sagte Mary Lou: „Wir sind uns einig. Wir möchten Sie einladen, am kommenden Sonntag mit dem Hubschrauber mitzufliegen und uns beim Reinemachen eines Waldes zu helfen. Das heißt, wenn es Sie nicht zu sehr anstrengt."

„I wo", sagte der alte Mann, „das wäre mit meinem selbstentwickelten Batteriestaubsauger eine Spielerei!"

„Dürfte unser Enkelsohn mitkommen?“ fragte die alte Frau schüchtern. Sie wollte nicht unverschämt sein. „Es wäre schön, wenn er mal einen Baum sehen könnte – oder mehr als einen ...“

„Aber ja, aber sicher“, sagte Mary Lou, während Chuck und Bob brüllten: „Selbstverständlich!“

Also stiegen der alte Mann, die alte Frau und der kleine Junge am Sonntag darauf in den Hubschrauber der Wissenschaftler und flogen weg, an der Müllkippe vorbei, über die Riesengarage, über den Schlachthof und über das Gaswerk, über Fischmehlfabrik, Pampelon-Kombinat, tausend Millionen schmutziger alter Häuser und die Superautobahn, wo sich die Straßen über- und untereinander wie Spaghetti schlängelten, weiter, immer weiter und noch weiter, nicht zu schnell und nicht zu langsam, nicht zu hoch und nicht zu tief, mit dem sonderbaren Geräusch, das einem Hubschrauber eigen ist: tschett-tschett-tschett-tschett-tschett-tschett – bis die Städte kleiner wurden und die Felder breiter und die Bauern zu ihnen hochschauten und winkten.

Vom Hubschrauber aus sah die alte Frau viele kleine Häuser, die sie gern gekauft hätte.

Eins stand neben einem Ententeich.

Ein anderes saß wie ein Eichhörnchen vor einem kleinen Wald.

Aber das Haus, das ihr am besten gefiel, war aus rotem Backstein mit grünen Fensterläden. Davor standen drei rundliche Rotdornbäume mit rosigen Blüten.

Pffff
hm.... Spitze
kritt
kritt
kritt
O
Omi
Omiau

Ein großer grüner Wald kam in Sicht. Als sie über ihn hinwegflogen, wurde die Luft im Hubschrauber kühl und frisch und süß.

„Bäume, du!“ sagte der alte Mann.

„Bäume!“ flüsterte der Junge.

Mehr sagten sie eigentlich nicht. Sie atmeten nur.

ISBN 3-358-01412-6

4. Auflage 1989

Lizenz-Nr. 304-270/283/89
Gesamtherstellung: Grafischer Großbetrieb Sachsendruck Plauen
LSV 7521
Für Leser von 8 Jahren an
Bestell-Nr. 630 360 5
00580

GRÜNES gesichtet
KNALL!
hm..... Spitze